Jean-Loup

Loi numéro 49 956 du 16 juillet 1949 sur les publications
destinées à la jeunesse : mai 1993
Dépôt légal : avril 1999
Imprimé en France par Mame à Tours

Antoon Krings

Jean-Loup

lutin poche de l'école des loisirs
11, rue de Sèvres, Paris 6e

Il était une fois un petit loup noir qui s'appelait Jean-Loup. Il se moquait bien de chasser, ce qui inquiétait ses parents. Mais en dehors de courir derrière tout ce qui bouge,

à quoi peut bien jouer un petit loup
qui n'a pas toutes ses dents, me direz-vous ?
A faire peur aux autres petits loups, bien sûr.

Jean-Loup aimait Marie-Loup.
Elle avait un peu peur de lui et elle criait
quand il l'attrapait pour lui raconter
des histoires horribles de méchants loups
qui mangeaient les petits loups.

« Mais non, tu racontes n'importe quoi,
les loups ne mangent pas les loups,
et puis lâche-moi, vilain loubard. »

Un jour, dans la forêt,
entra un bien étrange loup.
Il avait des dents pointues
et brillantes et
une longue langue rouge
qui pendait.
Il portait des lunettes
sombres et serrait dans
l'une de ses pattes
une canne.

« Ouh ! ouh ! Qui veut bien aider un pauvre vieux loup aveugle ? » Il finit par flairer Jean-Loup. « Donne-moi la patte, petit, et allons chasser ensemble. »
« Je ne suis pas petit », lui dit Jean-Loup, « et j'ai horreur de courir après les lapins. Essaye plutôt de m'attraper », dit-il en lui tirant la langue avant de s'enfuir.

« Ouh ! ouh ! Qui veut bien aider
un pauvre loup aveugle et perdu ? »
Il rencontra Marie-Loup qui l'écouta
sagement. « Donne-moi la patte, mon petit,
et retrouvons ensemble ma maison. »
« Bien sûr, M'sieur », dit Marie-Loup.

Marie-Loup tint la patte du loup
et ils s'enfoncèrent dans l'épaisse forêt.
« Ne vois-tu pas au loin une cabane ?
Non ? Bon, cherchons encore,
on finira bien par la trouver. »

Pendant ce temps, Jean-Loup cherchait en vain Marie-Loup. Il s'assit un long moment au bord de la rivière et pensa tristement qu'elle ne voulait plus le voir. Alors il se sentit bien seul et comprit qu'il l'aimait beaucoup.

« Eh ! les corneilles,
z'avez pas vu Marie-Loup ? »
« Croâ, croâ, quoâ ?
La petite ? Oui, je l'ai vue
avec un vieux loup,
pourcroâ ? »

« Nous sommes arrivés. Bon, je dois rentrer. Attention, il y a plein de pièges ! » s'écria Marie-Loup. « Je sais, je les ai posés », répondit l'affreux loup en la saisissant violemment. « Maintenant nous allons préparer le dîner et tu en seras le plat principal. » « Lâchez-moi, sale brute ! » hurla-t-elle.

Le loup n'était évidemment ni vieux ni aveugle. « Rien de tel qu'un bon feu pour m'ouvrir l'appétit », dit-il. Tremblant comme une feuille, Marie-Loup pensait à Jean-Loup. Elle le regrettait déjà.

Les petits loups ont peur du feu. Le loup le savait et il se distrayait en agitant une braise autour de Marie-Loup.

« Je ne veux pas mourir, vous n'avez pas le droit », supplia-t-elle.

« Laissez-moi vivre », sanglota-t-elle en voyant le loup aiguiser un long couteau de boucher. A cet instant, elle vit Jean-Loup à la fenêtre. « Quoi ? Qu'est-ce que c'est ? » cria le loup qui n'aimait pas être dérangé. « Un visiteur ! »

«Je vais t'attraper et te manger.»
Dans sa précipitation, le loup oublia ses pièges.
Il poussa un cri terrible.
«Jean-Loup!» s'exclama Marie-Loup dans la cabane.

Jean-Loup eut juste le temps de libérer Marie-Loup.
Ils coururent, coururent jusqu'à la rivière
où ils reprirent leur souffle.
« Jean-Loup, tu m'as sauvé la vie ! »
« C'est ça, l'amour », soupira-t-il d'un ton rêveur.

Depuis ce jour,
Jean-Loup et Marie-Loup
ne se quittèrent plus.
Parfois, dans la forêt,
ils croisèrent l'étrange loup.
Il avait une patte en moins
et ne leur faisait plus peur.